Texte © 1995 Christine Leeson
Illustrations © 1995 Joanne Moss
publié par Western Publishing Co., Inc.

Version française
© Les éditions Héritage inc. 1996
Tous droits réservés

Dépôts légaux: 3e trimestre 1996
Bibliothèque nationale du Québec
Bibliothèque nationale du Canada

ISBN : 2-7625-8317-9

Imprimé en Italie

LES ÉDITIONS HÉRITAGE INC.
300, rue Arran, Saint-Lambert (Québec) J4R 1K5
(514) 875-0327

Fred, le délaissé

Texte de **Christine Leeson**

Illustrations de **Joanne Moss**

Traduit de l'anglais par **Céline Rousseau**

Fred est un vieux chien. Ses arti-
culations craquent. Il a mené une vie
tranquille et c'est exactement ce qu'il
voulait. Il croyait que les choses ne
changeraient jamais.

Or, par un bel après-midi d'hiver,
Fred dort près du feu lorsqu'une
mystérieuse boîte arrive. Qu'est-ce
qu'il peut bien y avoir à l'intérieur?

Fred va vers la boîte pour la sentir. Quelque chose en sort et lui donne un coup de patte sur le nez.

Fred aboie.

La boîte souffle *sssfffll*

— N'effraie pas le chaton, Fred, dit papa en prenant la petite bête dans ses bras.

Et ce n'est que le commencement...

Le chaton s'appelle Barbotine.

Barbotine prend vite possession
de toute la maison.

Quand Fred veut manger,
Barbotine s'installe dans son bol.

Quand Fred se promène, Barbotine
se tient prête à lui sauter dans les pattes.

— Wouf! Wouf! aboie Fred lorsque
la petite chatte s'agrippe à sa couverture
préférée.

— Mauvais chien! dit maman.
Ce n'est qu'un petit chaton.

Ce n'est pas juste. Personne ne se préoccupe des bêtises de Barbotine. C'est même drôle quand elle renverse la fougère de maman. Personne ne se plaint quand elle laisse des traces de boue sur le couvre-lit.

Même quand Barbotine saute sur
le dos de Fred et y plante ses petites
griffes acérées, on la trouve
mignonne, mignonne...

Fred se demande si on le trou-
verait aussi mignon s'il se conduisait
comme Barbotine.

Étrange... personne ne rit quand
Fred saute sur la table...

On crie quand il coince sa tête dans le pot à lait...

... on est très en colère quand il s'attaque à un coussin du salon et que le contenu se répand sur le plancher.

— Vraiment, Fred, dit maman. Qu'est-ce qui te prend ?

Un jour d'hiver particulièrement glacial, on fait sortir Barbotine dans le jardin. Par la grande fenêtre du salon, Fred regarde la petite chatte cabrioler et attraper des flocons de neige.

Fred gémit misérablement.
Personne ne l'envoie jouer dehors,
personne ne s'occupe de lui.

Puis, brusquement, Barbotine
traverse le jardin, grimpe à un
arbre et passe par-dessus la clôture.

Quand la famille veut faire rentrer Barbotine, elle n'est plus là.

Fred entend les enfants l'appeler. Il espère bien que ce sacré chaton ne reviendra jamais. Et il s'installe confortablement près du feu.

Il neige à plein ciel et il fait nuit
maintenant. Barbotine n'est toujours
pas de retour.

De temps à autre, un membre
de la famille ouvre la porte et
appelle Barbotine. Pas de réponse.
À l'heure du repas, Fred n'a pas
faim. Il va à la fenêtre. Il pense
au petit chaton. «Elle est si petite,
la neige doit presque atteindre
ses oreilles.»

Fred n'en peut plus. Il se met à gratter la porte de la cuisine.

— Pauvre Fred! dit papa. J'ai oublié ta promenade. Vas-y, mon vieux.

Fred passe par la grille du jardin qui est restée ouverte et court vers les champs. La neige est tellement abondante que Fred s'égare. Il s'enfonce, grelottant, ses pattes engourdies par le froid.

Tout à coup, quelque chose de plus chaud qu'un flocon frotte son museau. Fred se met à aboyer joyeusement. C'est Barbotine! Fred suit Barbotine jusque sous une clôture où elle s'est réfugiée. Ils se glissent tous les deux dans l'abri.

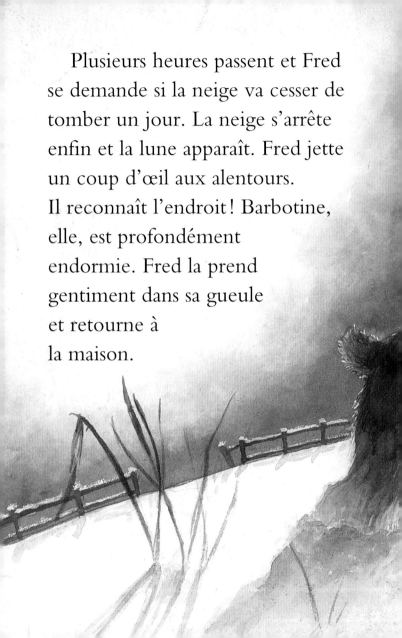

Plusieurs heures passent et Fred
se demande si la neige va cesser de
tomber un jour. La neige s'arrête
enfin et la lune apparaît. Fred jette
un coup d'œil aux alentours.
Il reconnaît l'endroit! Barbotine,
elle, est profondément
endormie. Fred la prend
gentiment dans sa gueule
et retourne à
la maison.

— Fred, tu l'as retrouvée! s'exclame maman en ouvrant la porte.

— Tu es un bon chien, Fred, dit papa. Un véritable héros!

Toute la famille l'entoure. On le frotte avec sa vieille serviette et il s'étend, heureux, devant le feu de cheminée.

Désormais, quand les petites griffes acérées de Barbotine viennent se planter dans son dos, Fred n'est plus du tout importuné. C'est si bon de se blottir l'un contre l'autre par un beau soir d'hiver.